P9-BIZ-313

EL FABULOSO MATEO

DANIEL MONEDERO
ANNALAURA CANTONE

Mateo suelta sapos y culebras

EDELVIVES

Me llamo Mateo Manzana y vivo con mi madre,
esa que corre de un lado a otro y repite
«¡No llego! ¡No llego!»; con mi padre, que la sigue
y dice «Calma», y con mi hermana Clara,
que habla todo el día por teléfono y siempre
me lleva la contraria.

Yo no los elegí, ellos ya estaban ahí cuando nací.
Al que sí elegí es a Robinson, mi perro.
Nada más vernos los dos dijimos lo mismo:
«Guau», y ya no nos pudimos separar.

Hasta aquí todo normal, pero hace poco descubrí
algo realmente increíble: tengo superpoderes.

En realidad, creo que soy una especie de superhéroe,
pero todavía estoy un poco descontrolado.

Todo empezó un domingo. De repente sentí
un calor por dentro, que subía desde mi tripa
hasta mis orejas, que iba creciendo.
Abrí la boca y de ella no salió una palabra ni dos,
salió un sonido: «¡CROAC! ¡CROAC!».

Después, un sapo saltó de mi boca y cayó
en la punta mis zapatos. ¡Alehop!

—¡Ah! ¡Qué horror! ¡Y encima llego tarde al trabajo!
—gritó mamá, poniéndose las gafas para comprobar
si lo que veía era cierto.

—Pero ¿qué es esto, Mateo? —me reprendió papá.

—¡Eh! Si yo hiciera eso, seguro que ya estaba
castigada —protestó Clara.

El calor no se pasaba y, justo cuando iba a contestar,
otro sapo correteó por mi garganta y… «¡CROAC!».

—¡Ya basta! —ordenó mamá.

Pero yo no podía parar.

—Tranquilos, no pasa nad… —acertó a decir papá
antes de un…—. ¡Ahhh!

Por suerte, los bichos saltaron por la ventana
y se fueron no sé dónde.

—¡Ahora me voy a trabajar,
pero cuando vuelva
quiero ver todo este
desastre recogido!
—concluyó mamá.

Me fui a mi cuarto.
Eso sí, con la boca
bien cerrada para no quedarme
una semana castigado sin salir de casa.

Y esa fue la primera vez que mi
superpoder apareció.

La segunda vez fue en el patio del colegio.

Estábamos jugando al fútbol y volví a sentir ese calor
más y más intenso. Me ardía la garganta y también
la cabeza. Pensé: «¡No! ¡No! ¡Por favor!».
Pero sí. Abrí la boca y… «¡Plof!». Salió un sapo
y cayó sobre el balón, justo cuando Ramón le daba
una patada. Sapo y balón acabaron en gol. ¡Vaya!

Yo intenté taparme la boca con la esperanza
de que nadie se diera cuenta, pero ya era tarde.

—¿Qué es eso? —gritó Lola—. ¡¡¡Qué asco!!!

Aquello no mejoró las cosas. Yo seguí soltando bichos mientras los demás huían despavoridos.
El patio se quedó desierto, aunque solo de niños.

Y llegó lo inevitable.

—¿Por qué haces eso? —me preguntaron papá
y mamá.

—Pero ¿qué te pasa? —me preguntaron Lola
y Ramón.

—Enano, dime, ¿cómo lo haces? —me preguntó
mi hermana.

Hasta Robinson parecía preguntarme.

¡Y yo qué sé! Era lo único que podía contestar,
pero preferí seguir callado.

Lo peor vino unos días
después. Estábamos en clase,
Samuel escribía en la pizarra.
Yo sentí que no podía más,
que me quemaba por dentro.
Y al abrir la boca… «¡Plaf!».
Mi superpoder volvió
a la carga.
A unos cuantos sapos
siguieron varias culebras
y algunas lagartijas.

¡Una auténtica fauna salvaje
brotaba de mi interior!

Mis compañeros se subieron a sus mesas.

—¡Que no cunda el pánico!
¡Yo me encargo! —se escuchó
a Samuel—. Pero ¿de dónde
ha salido tanto bicho?

—¡Ha sido Mateo! —dijo Ramón.

—¡Parece Bichomán! —remató Lola.

Y todos los demás
me señalaron
con el dedo
con cara de terror.

Después de hablar con Samuel, mis padres parecían realmente preocupados. Fuimos al médico, hasta me hicieron una radiografía, pero todo estaba en su sitio. No parecía que me hubiera picado un sapo radioactivo con superpoderes, como yo sospechaba.

—¡¿Superpoderes?! —dijo mamá—. ¡Este niño lo que está es imposible!

—Calma, cariño —procuró tranquilizarla papá.

Aquello empezaba a ser un auténtico problema.

¿Y si llegaba un día en que ya no podía decir
una palabra y solo salían animales por mi boca?
¿Y si mis amigos me tenían miedo y ya no querían
estar conmigo? ¿Y si me convertía para siempre
en Bichomán?

Era hora de recurrir a mi primo Ricardo.
Él quiere ser investigador privado, así que podría
investigar qué me estaba pasando.

—Tendré que interrogarte —dijo mi primo.

—¿A mí? —le pregunté sorprendido—.
¡Yo no he cometido ningún delito!

—De momento —atajó—.
¿Dónde estabas cuando ocurrió aquello?
¿Y con quién? ¿Viste algo sospechoso?

—Pues ahora mismo… No sé.

—Piénsalo. Demos marcha atrás en el tiempo.

La primera vez estaba en casa con Clara.
Ella estaba viendo una película y era la hora
de *Tiempo de diversión*, mis dibujos animados
favoritos. Entonces…

—Clara, pásame el mando a distancia,
que empiezan los dibujos —le pedí.

—¡Ni hablar! —me contestó tan pancha.

—¡Que me lo des! —le grité.

—Enano, que me dejes de una vez.

—¡Dámelooooo!

Y así empezó todo. Le grité un montón
de palabras feas, y cuando me quise
dar cuenta estaba croando
y echando sapos por la boca.

—Ajá… —fue todo lo que dijo Ricardo.

La segunda vez estaba en el patio
jugando al fútbol con mis amigos.

—Te toca ponerte de portero —dijo Ramón.

—¡No quiero! —le contesté.

—Son las reglas: un tiempo cada uno
—se empeñó el muy pesado.

—¡Pues no me apetece! ¡Que no! —le grité.

—Pues te toca y se acabó.

— ...

—¡Goool! ¡Goool!

Chillé un montón de palabras feas y volvieron
a salir todos esos bichos sin control.

—Mmm... Ya veo, ya veo —sentenció Ricardo.

La tercera vez estaba sentado en clase de Samuel.

—Por favor, Mateo, ¿puedes guardar silencio? —me pidió.

—¿Yoooo? ¡Pero si están hablando todos! —respondí.

—Vamos a seguir con la clase, por favor —insistió.

—¡Pero es injusto! —grité bien fuerte.

—Mateo, por favor.

En realidad estaba tan enfadado que no sé ni lo que dije y, a continuación, aquellos bicharracos salieron por mi boca.

—Ajá… —murmuró Ricardo.

—Caso resuelto —concluyó mi primo.

—¡¿En seeeeriooooo?! —le contesté
sorprendido.

—Esto es un caso de rabia descontrolada.
Siempre que estás en una situación
que no te gusta, te enfadas mucho.
Ella es la que habla por ti y dice esas
palabras tan desagradables. Y cuando
ya no se te ocurre nada peor, tus palabras
se convierten en sapos y culebras.
Resumiendo: la rabia es la culpable.
Caso cerrado.

—¿Cómo que cerrado? Y ahora, ¿qué puedo hacer?

—Pues cada uno tiene sus trucos. Yo te recomiendo pensar antes de hablar y, para eso, lo mejor es contar hasta diez. Así tus sapos y culebras no acabarán invadiéndolo todo.

—¿Así de fácil? —pregunté preocupado.

—Bueno, más que fácil es cuestión de práctica.

Y salió de mi cuarto tan campante.

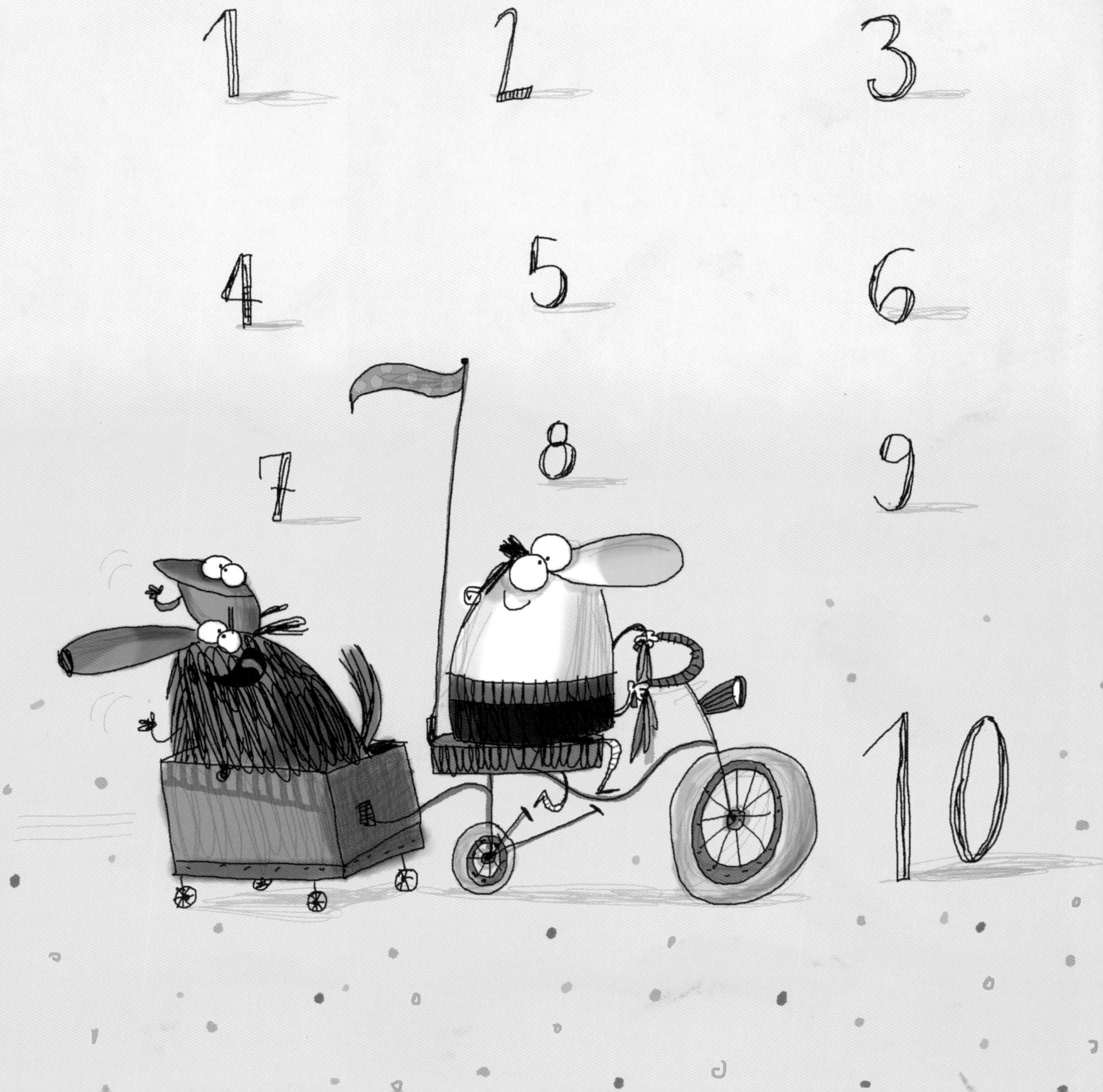
1 2 3
4 5 6
7 8 9
10

Pues sí, lo he probado y parece que me está
funcionando. Aunque a veces necesito contar
hasta cien para que no salga un sapo, una culebra
o tres tiranosaurios rex.

Ahora ya no tengo ese superpoder, pero todos
vivimos más tranquilos: mi madre, mi padre,
mi hermana, mis amigos, mi profe
y, sobre todo, yo.

—¡Guau! ¡Guau!

Y mi perro Robinson, claro.

Mateo

Es sociable y sincero.
Tiene unos superpoderes
que no le sirven para
salvar a la humanidad
y que tampoco sabe
controlar del todo.

Olivia

Madre de Mateo.

Es nerviosa y va siempre
acelerada, también es
la mejor resolviendo
problemas..
Trabaja como guía
turística y su mayor sueño
es tener tiempo libre.

Clara

Hermana de Mateo.
Se considera
la persona más
interesante del
mundo. Sueña
con ser una gran
cantante y tener
millones de fans.

Simón

Padre de Mateo.

Es lento y sereno.
Le gusta disfrutar
de la naturaleza.
Trabaja como
jardinero público
y adora su profesión.

Robinson

Perro de Mateo.

Mateo y Robinson son uña
y carne; donde va uno siempre
va el otro. Le encanta mordisquear
los cordones de cualquier tipo
de zapato.

Lola

La mejor amiga de Mateo.

Es alegre y valiente;
nunca dice que no
a una aventura. Nada
se interpone en su camino.

Samuel

Profesor de Mateo.

Es optimista, vivaracho
y un gran deportista.
Siempre está
disponible para sus
alumnos.

Ramón

El mejor amigo de Mateo.

Es tímido e imaginativo.
Le interesan más los héroes de los libros
que las personas de la vida real.

Ricardo

Primo de Mateo.

Es responsable, leal
y siempre está dispuesto
a ayudar. De mayor quiere
ser investigador privado.

© Del texto: Daniel Monedero
© De las ilustraciones: AnnaLaura Cantone
© De esta edición: Grupo Editorial Luis Vives, 2015

Edelvives Talleres Gráficos. Certificado ISO 9001
Impreso en Zaragoza, España

ISBN: 978-84-263-9852-9
Depósito legal: Z 364-2015

Todos los derechos reservados. Cualquier forma de reproducción, distribución,
comunicación pública o transformación de esta obra solo puede ser realizada
con la autorización de sus titulares, salvo excepción prevista por la ley.
Diríjase a CEDRO (Centro Español de Derechos Reprográficos) si necesita
fotocopiar o escanear algún fragmento de esta obra
(www.conlicencia.com; 91 702 19 70 / 93 272 04 47).